Sherlock
Holmes

U0054008

SHERLOCK HOLMES

大偵探
福爾摩斯
SHERLOCK HOLMES
實戰推理系列
斷劍傳說

實戰推理短篇

斷劍傳說

渡河之戰

荒野的寒風從河上吹來，刮痛了**鮑伯**的臉龐，讓他禁不住打了一個寒顫。

鮑伯從早上開始，就一直在河邊監視敵軍的動靜。寒冷又**乾燥**的天氣，讓他不自覺地喝多了水。

渡河之戰

「我上廁所去。」鮑伯感到**尿意難耐**，對一起站崗的同僚説。

「**速去速回**啊！敵方大軍就在對岸，萬一突然攻過來怎麼辦？」

「放心，誰會在大冬天渡河進軍呢？不怕在河裏**凍死**嗎？」鮑伯揚一揚手，就急步往叢林走去。

鮑伯所屬的800人先頭部隊，在兩日前發現敵方有10000大軍駐守在對岸的高地上。礙於雙方軍力懸殊，鮑伯的部隊在己方的主力來到之前，一直**按兵不動**。不過，敵軍看來也深明自己的陣地**易守難攻**，所以一直只在原地駐紮。就是這樣，雙方保持着**敵不動、我不動**的態勢。

「看來暫時不會開戰吧。」鮑伯**自言自語**地走進叢林中。當他解開褲頭正想小解時，林內忽然傳來兩個男人的聲音，把他嚇了一跳。

「唔？這聲音……？好像是**多隆少校**和**克萊爾將軍**在談話呢。」鮑伯馬上就認出了聲音的主人。他慌忙拉起褲頭躲在樹叢後面，通過枝葉間的縫隙往聲音來處看去。

「他們為何不在軍營討論，要跑到這裏來呢？」鮑伯知道**竊聽**上級的對話是大罪，卻無法阻止自己的**好奇心**，悄悄地豎起耳朵細聽。

「將軍，軍火的庫存少了，不知你是否知道原因呢？」多隆少校的聲音傳來。

「我怎會知道，調查原因不是你的職責嗎？」克萊爾將軍的聲音應道。鮑伯聽得出，將軍的語氣粗暴，顯得非常不快。

「看來是在**爭執**呢。」鮑伯壯着膽子從樹後伸出頭來偷看。

這時，只見多隆少校拿出一個小本子，不客氣地質問：「調查確是我的職責，所以我才來問你。」將軍看到那個小本子，馬上**面色一沉**。

「多隆好大膽，竟敢這樣質問將軍。」鮑伯心中感到驚愕，腳下不其然地移動了一下，卻「嘎吱」一聲，不小心踩到了一根枯枝。

嘎吱

「唔？」多隆少校與將軍同時往這邊看過來。

「**糟糕！**」鮑伯赫然一驚，隨即伏在地上不敢動彈。

他**屏息靜氣**地等待了一會，才敢悄悄地在草叢中**匍匐**後退了十多碼。當確認少校與將

軍並沒追過來後，他才鬆了一口氣，並自言自語道：「呼……嚇我一跳。他們到底在爭論甚麼，難道**軍火的庫存**出了問題？」

「啊，不行了，快要尿出來啦。上廁所、上

8

廁所！」緊張過後，鮑伯的尿意更濃，他匆匆跑到一旁的草叢解決。完事後，為免碰到少校兩人，他又刻意**繞了個大彎**才跑回放哨的地方。

「怎麼上個廁所也這麼久？躲懶嗎？」同僚抱怨道。

「哈哈，抱歉、抱歉，剛才拉肚子。」

鮑伯站回哨崗，心中想道：

「**沉默是金**，剛才的事還是不要說出來好。萬一被誤會我偷聽上級對話，可不是講玩的。」

河岸**平靜如常**，只是偶爾有幾隻鳥兒在河面飛過，帶起了幾絲波紋。鮑伯看了看懷錶，才

發現自己不經不覺已在 哨崗 站了一個小時。

「太好了，快到換班時間了。」他心中暗喜。

可是，當他正想扭動腰部伸展一下筋骨時，一個 傳令兵 卻匆匆跑來喊道：「緊急命令！全軍馬上準備渡河出擊！」

「甚麼？出擊？發生甚麼事了？」鮑伯被嚇了一跳。

「克萊爾將軍指令 全軍緊急出動！快！馬上行動！」傳令兵說完，就往下一個哨崗跑去了。

「要開戰嗎？援軍應該還沒趕到來呀。」鮑

伯抱着**滿腹疑團**跑回軍營內。他急急收拾物件，然後再奔往列隊的空地報到。

　　當他到達空地時，已看到克萊爾將軍在整列軍隊。不一刻，他又看到默雷上校跑到將軍身旁問：「為甚麼要突然出擊，發生甚麼事了？」

　　「多隆帶着**重要機密投靠敵軍**了！必須追上去阻止他！」將軍憤然道。

　　「甚麼？多隆他怎會……？」默雷驚訝得說不出話來。默雷跟多隆是軍校**同期好友**，在軍營內**無人不知**。

「你想說甚麼？質疑我嗎？」將軍屬聲道。

「屬下不敢……」

「那就馬上準備渡河突擊吧！」

「但敵軍的人數遠超我方，冒然進攻的話——」

「默雷上校！」將軍高聲搶道，「毋須多言！這是命令，明白了沒有？」

「明白！」默雷馬上立正應道。鮑伯知道，軍紀嚴明，縱使心存懷疑，但上校也必須服從將軍的命令。

在所有士兵列陣完畢後，將軍隨即拔出他的佩劍，指向對面的河岸高聲呼叫：「全軍進擊！」

　　將軍**一聲令下**，鮑伯也跟隨軍隊眾人一起吶喊示威，齊步前進，往那冰冷的河岸進軍，邁向**不歸的戰場**……

斷劍將軍的傳說

　　秋高氣爽，隨着草地和樹木漸漸泛黃，公園也彷彿染上了一抹金黃。桑代克坐在公園的長椅上，咬了一口蘋果，悠閒地享受着秋風帶來的爽朗天氣。

幾隻小松鼠在附近的樹上來回奔跑，不時停下來看着桑代克，好像在**垂涎**着他手上的蘋果似的。

終於，一隻膽大的小松鼠**鼓起勇氣**從樹上爬了下來。牠跳到長椅上，看了看桑代克，又看了看他手上的蘋果。

桑代克笑着把蘋果遞上，説：「想吃嗎？」

小松鼠被嚇了一跳，慌忙退後了幾步，但又馬上停下來盯着桑代克，好像在猶疑這個蘋果是不是一個**陷阱**。

「不用擔心，吃吧。」桑代克把咬過一口的蘋果放在長椅上。

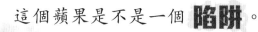

小松鼠歪着頭，左看看，右看看，突然一個箭步竄前，雙手抱起蘋果轉身就走。牠一蹬一躍，轉眼間已跳到一張沒人的長椅上，津津有味地吃起蘋果來了。

「哈，真的是老實不客氣，搶到手就吃呢。」桑代克看着小松鼠笑道。

忽然，一個調皮的聲音從後方傳來：

「松鼠！松鼠！是松鼠啊！」

突如其來的呼喊，把小松鼠嚇得跳了起來，牠抱着蘋果用力一蹬，就一**溜煙**似的躍到樹上去。那幾隻一直在樹上不敢下來的松鼠，見狀隨即追去，看樣子是要爭奪小松鼠手上的蘋果。

「猩仔，你**姍姍來遲**，但嗓門依舊那麼吵耳呢。」桑代克一聽就知聲音的主人是誰了。

「哈，你的意思是**如雷貫耳**吧？當然囉，我可是全倫敦**嗓門最響亮**的小學生。」猩仔自吹自擂地說。

「吵耳和如雷貫耳可不一樣啊。」跟在後面的夏洛克說完，又以怪責的語氣道，「都是你

不好，死要吃完下午茶才肯出門。看！我們遲到了。」

「不要緊，時間還早呢。」桑代克笑道。

「你看，我不是説不用急嗎？新丁3號一定會等我們的。」狸仔厚着臉皮説。

「你嚷着要學習**查案技巧**，桑代克先生才抽空跟我們見面呀！還好意思讓人家等待。」夏洛克**沒好氣**地説。

「哈哈哈，不要罵他了。」桑代克説着，往狸仔瞥了一眼，「看他特意與你一起**抄小路**趕來，我就原諒他吧。」

「你怎會知道我們抄了小路的？」狸仔詫異

地問。

「嘿嘿嘿，我看到你們身上黏了些**芒草花碎**呀。附近就只有南門一帶的荒地有這種芒草，而那邊是商店街通到這兒來的 **捷徑**，我一看就知道啦。」

「桑代克先生太在意**微末細節**啦，專挑些小地方看。」狸仔拍走身上的花碎說。

「這是細心觀察。」夏洛克糾正道。

「夏洛克說得對。我之前也說過呀，要學習查案，就要訓練

觀察力，小心觀察是很重要的。」

「哈！論觀察力嘛，我敢說第二，也沒人敢說第一啊。不信的話，問問我爺爺，就算他把零食藏到**櫥櫃的暗格**中，最終都會被我找出來呢！」猩仔**自賣自誇**。

「那不是因為你觀察力強，只是因為你饞嘴！」夏洛克沒好氣地說。

「哈哈哈，不必爭論，行動最能反映實力。」桑代克說着，指着不遠處的樹林說，「猩

仔，既然你的觀察力那麼強，就讓我來考考你吧。看到那邊的樹林吧？剛才那隻**抱着蘋果的小松鼠**就在林中，能把牠找出來嗎？」

「抱着蘋果的小松鼠……？在哪兒呀？」猩仔朝樹林瞇起眼說。

「對，全是樹葉和草，哪來的松鼠啊？」夏洛克往樹林望去，但也找不到松鼠的蹤影。

「所謂『**樹葉藏於森林**』，要藏起一片樹葉不讓人找到，最好就是把它放在有大量樹葉的森林之中。同樣地，**褐色的小松鼠**最好的藏身之處，當然是在**黃褐色的樹木**之中了。」桑代克說。

謎題❶：
各位讀者，你們也幫幫忙找一找
吧，看看那隻小松鼠藏在哪裏？
如找不到，就看p.59的答案吧。

「是嗎？」夏洛克再定睛細看了一會，忽然眼前一亮，「啊！我找到了。」

「找到了？在哪兒？」猩仔急忙追問。

「就在那棵樹附近。」夏洛克指着其中一棵樹說。

「這麼多棵樹，你說哪一棵呀？」

「夏洛克的觀察力很好，他已找到了。猩仔你還沒找到，證明須要**多加訓練**啊！」桑代克說。

「哼！**行動最能反映實力**！我就用行動來證明吧！」猩仔說着，一股勁兒衝進樹林中「哇哇哇」

地大叫大嚷，把松鼠們嚇得四散而逃。

松鼠們一動，猩仔輕易就看到牠們了。他發現其中一隻緊緊抱着吃剩的蘋果芯不放，就得意揚揚地指着那松鼠説：「嘿！找到了，在那兒！」

「哎呀，你這方法太粗暴了，會把松鼠們嚇壞啊！」桑代克斥責。

「嘿！找到就算贏，我贏——」猩仔還未説完，一個蘋果芯飛至，「砰」的一聲打在他的頭上。

「哇！痛死我了！」猩仔呼呼叫痛。

他定睛一看，只見那隻小松鼠「吱吱」地叫嚷，好像在為牠的成功突擊歡呼。其他松鼠見狀也跟着一起「吱吱」地叫起來，聽起來就像在嘲笑猩仔似的。

「可惡！你這臭松鼠別跑！」猩仔**不甘受辱**，**怒氣沖沖**地往樹上攀去，但松鼠們當然不會**坐以待斃**，幾下跳躍就逃到遠方去了。

「別跑！」猩仔見狀慌忙從樹上跳下緊追而去。

「等等！你不要自己跑走呀！」夏洛克大叫，但猩仔卻已鑽進樹林去了。

「我們跟上去看看吧。」桑代克說罷，馬上

朝猩仔追去。

　　夏洛克雖然不太願意，但也只好無奈地跟在後面。

　　「可惡！給那松鼠逃脫了。」猩仔氣喘吁吁地追到公園的中央廣場，但那隻小松鼠已失去蹤影，不知道逃到哪兒去了。

　　夏洛克與桑代克從後趕到，正想責罵猩仔

時，卻看到廣場的中央有一座**全新的雕像**，一名軍人裝束的男子正在獻花。

「唔？我記得之前來的時候，並沒有這個雕像呀。」猩仔也看到了，他指着雕像叫道，「他是甚麼人呀？」

那是一個老軍人的雕像，他手握一柄長劍指向天空，顯得**英明神武**。只是不知怎的，長劍的尖端卻斷了一截。

正在獻花的男子發現叫嚷的是一個小孩，

就放下花束轉過頭來說：

「這位軍人綽號『**斷劍將軍**』，雕像是為了紀念戰爭完結而新建的。」

「原來是**克萊爾將軍**，他的事跡我也略有所聞。據說他總是在前線**衝鋒陷陣**，**英勇不凡**。」

桑代克走過來說。

「沒錯……他**曾經**是我最景仰的軍人。」那男子抬頭看着雕像，似有所感地說。

聞言，桑代克心中閃過一下疑惑，於是問道：「看來，你曾與英勇的克萊爾將軍**共事**過

呢。」

「沒錯，他非常英勇。所以，我們的部隊總是衝在最前，**視死如歸**地戰鬥。」

「視死如歸？」猩仔**兩眼發光**地嚷道，「嘩！好帥啊！我也要學將軍，視死如歸地**除暴安良**，抓光倫敦的犯罪分子！」

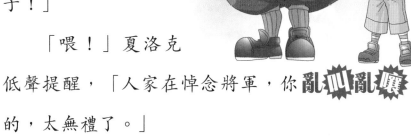

「喂！」夏洛克低聲提醒，「人家在悼念將軍，你**亂叫亂嚷**的，太無禮了。」

「沒關係。」那男子微微一笑，「這位小胖子說得對，將軍確實是我們的**榜樣**。」說罷，

他臉上透出了一絲**猶豫**。

「小胖子？他在説誰？」猩仔問夏洛克。

「還用問嗎？當然是指你。」夏洛克沒好氣地説。

「我？我是小胖子？」猩仔**鼓起腮幫子**，有點生氣地向那男子説，「我叫猩仔，是少年偵探團G的團

長，班中的帥哥。你是誰？還未報上名來呢！」

「啊，對不起。」那男子笑道，「我是將軍的部下默雷，也是將軍的女婿。」

「原來如此。」桑代克看了看雕像，點點頭說。

「你說將軍那麼英勇，但雕像卻製作得很馬虎啊。」猩仔指着雕像握着的劍說，「看！劍的前端都

斷了。」

「不，你誤會了。」默雷失笑道，「那柄斷劍是為了重現傳說，特意弄成那樣的。」

「傳說？甚麼傳說？」夏洛克好奇地問。

「五年前，克萊爾將軍率領一小隊步兵孤軍頑抗敵國大軍。雖然雙方實力懸殊，但將軍並沒有退縮，甚至身先士卒親自拔劍上陣。在與敵軍格鬥時連劍也斷了，但仍戰鬥至最後一口氣，最終戰死沙場。那柄斷劍，就是為了紀念這段英雄事跡而特別設計的。」

斷劍將軍的傳說

「啊……原來將軍這麼厲害……」夏洛克不禁讚歎。

「不！那傢伙只是個**殺人兇手**！摧毀我家庭的殺人兇手！」忽然，一個憤怒的聲音在眾人身後響起。

桑代克等人回身一看，只見一個年輕人提着一個桶子走到雕像前，眾人未及反應，他已將桶內的液體朝雕像猛地潑去，說時遲那時快，「嘩啦」一聲響起，雕像就像**被血雨洗禮**過一樣，染滿了紅色。

偽英雄

　　默雷大吃一驚，馬上衝前抓着年輕男子的衣領喝問：「你幹甚麼？為甚麼要這樣做？」

　　「哼！他**誣衊**我父親是逃兵，不配被**歌頌**成英雄！」年輕人激動地叫道。

　　「誣衊你父親？你父親是誰？」默雷赫然。

　　「**陸軍少校多隆**！」

「多隆……？」默雷呆了半晌，才懂得問，「你……你是他的兒子？」

「沒錯，我是他的**兒子多巴**！」年輕男人挺起胸膛說。

「啊……」默雷好像受到甚麼打擊似的，緩緩地鬆開了捉緊多巴的雙手。

看到默雷**動搖的眼神**，桑代克想了想，就向多巴問道：「你說父親受到誣害，請問為何這樣說呢？」

「家父當年有份參與那場**渡河之戰**，卻一直被人說是**叛國逃兵**。但他一向以身為軍人為榮，絕不可能做出叛國之事。可是，只因

為將軍一句**毫無根據**的說話，就把家父的**畢生榮耀盡毀**！」多巴**氣憤難平**地揮動着拳頭說，「而且，我因為是叛國者的兒子，也一直受到同伴的侮辱！」

默雷看着多巴緊握的拳頭，剎那間呆在當場，竟說不出話來。

「默雷先生，你沒事嗎？」桑代克問。

「我……我沒事。」默雷**不敢正視**桑代克，只好低下頭來應道。

「唔……看來**箇中另有內情**

呢。」桑代克想了想，又向憤怒的年輕人問

道，「多巴，我可以再問你一些問題嗎？」

「你是甚麼人？」多巴這時才察覺，自己正

與一個 **身份不明** 的陌生人說話。

「喂！小子，說話客氣一點好不？」一直在

旁的猩仔終於 **按捺不住**，插嘴道，「他是我

的老朋友神探桑代克先生，也是我少年偵探團G

旗下的一員猛將，在我的指揮下破解過無數謎

題，連**謀殺犯**也抓過呢。」

「是嗎？原來是位**偵探先生**。」多巴說，「好，只要能證明**家父的**清白，我甚麼也會回答。」

「唔……」猩仔摸摸下巴，<u>**煞有介事**</u>地問道，「那麼，你今天早餐吃了甚麼呢？」

「早餐？我早上只喝了一杯咖啡。」多巴感到**莫名其妙**。

「哎呀，你不要問這些**無聊問題**好嗎？會妨礙桑代克先生問話呀。」夏洛克慌忙制止。

「怎會無聊？早餐很重要的啊，我沒吃早餐就會**神志不清**地胡言亂語。所以我必須確認他有沒有吃早餐，神志是否清醒，否則他的證詞就不能成為 呈堂 ——」

「還說！」夏洛克一把拉開猩仔，阻止他說下去。

「多巴，小孩子不懂事，不必理會他。」桑代克一頓，試探地問，「戰爭已經過了5年，你為何現在才來為令尊 平反 呢？」

「因為，日前有一位名叫 鮑伯 的士兵來找我，他有份參與那場戰役，並

親眼看着家父死去。」

「啊？竟有此事？」桑代克訝異，並往旁瞥了一眼，看到默雷額上冒出了一滴冷汗。

「鮑伯先生說，在開戰之前，他曾目擊將軍跟家父爭論，更看見他們兩人在樹叢裏消失了。」多巴繼續憶述，「他還說，不久之後，將軍就指控家父投靠敵軍，並指情況緊急，全軍必須馬上渡河一戰，阻止家父泄漏軍機。」

「泄漏軍機？」猩仔又忍不住插嘴道，「好像很嚴重呢！」

「是的，就是這樣，家父被當作**叛國逃兵**。但據鮑伯先生說，當時我軍與敵軍在人數上**強弱懸殊**，正面對決的話，任誰看都是必敗之戰。結果，他看到衝在最前面的同伴一個又一個倒下，就只好逃進山林找**掩護**，但沒想到……」多巴語帶哽咽，「沒想到……在林中遇到了**身受重傷**的家父。」

「啊……」聽到這裏，猩仔和夏洛克都不禁緊張起來。

「家父……用最後一口氣告訴他，自己沒有泄漏軍機，<u>將軍才是背叛國家的人</u>，他的罪證全都在這本日記之中！」多巴愈説愈激動，並憤然地從懷裏拿出一個小本子，「這是克萊爾將軍的日記，亦是我父親用性命換來的證據！」

「你的意思是，這本日記是鮑伯先生給你的嗎？」夏洛克問。

「沒錯！父親臨終時，把它交給了鮑伯先生。但渡河之戰已被軍中高層**定性為將軍的英雄傳說**，鮑伯先生生怕被捲入事件，故一直把秘密藏在心中。直至最近，他得知要為將

軍樹立雕像，覺得**於心有愧**，才下定決心，把隱瞞多年的秘密告訴我。」

「那本日記寫了甚麼？」默雷**戰戰兢兢**地問。

「據說家父還未來得及解釋就斷氣了，鮑伯先生和我都**看不懂這日記的內容**……」多巴充滿悲憤地說，「但鮑伯先生說他看到將軍的劍尖在戰鬥開始前已斷了，所以甚麼『斷劍傳說』只是**子虛烏有**的謊言。」

「那本日記，可以給我看看嗎？」桑代克問。

「好的。」多巴把日記遞上。

桑代克接過日記後，**從頭到尾**翻看了一遍。猩仔與夏洛克好奇地湊過去問：「怎樣？寫了甚麼？」

桑代克指着翻開了的日記說：

「**前前後後**都是一般日記的內容，只有這幾頁比較奇怪。例如，明明不是日記的第一頁，卻寫着P1，而且之後還有一連串**古怪的數字**。」

P1

	1	2	3
1	A	D	G
2	J	M	P
3	S	V	Y

P2

	1	2	3
1	B	E	H
2	K	N	Q
3	T	W	Z

P3

	1	2	3
1	C	F	I
2	L	O	R
3	U	X	

P4

111 323 122 131
131 322 321 112
113 331 222 X150
　　　　　 = 3150
131 232 322 323 112 X 270
　　　　　 = 351
211 331 321 321 212 231 X 1000
　　　　　 = 3000

謎題②：
將軍日記中的
111 323 122 131
131 322 321 112
113 331 222　X 150
　　　　　　 = 3150
131 232 322 323 112 X 270
　　　　　　 = 351
211 331 321 321 212 231 X 1000
　　　　　　 = 3000

有甚麼意思呢？

「不過，P4有好幾組數字是重複的呢。」夏洛克説。

「很不錯，你留意到重點。」桑代克讚賞道。

「我也有留意到重點呀！」猩仔吵着逞強。

「甚麼重點？」

「P1至P3，剛好有A至Z所有英文字母。」

「這確實很重要。那麼你們明白兩者的關係嗎？」

「甚麼關係？」猩仔問。

「P4看來是暗號，而P1至P3應該是解碼的方法。」夏洛克搔搔頭説，「但我不知道怎樣解碼。」

「你不知道嗎？」猩仔想了想，馬上**紮起馬步**說，「看來，是出**拉屎功**的時候了！」

「不！千萬不要！」

桑代克被嚇得慌忙制止，「我給你們一點提示吧。聽着，每3個數字為1組，每組代表1個英文字母。此外，每組第1個英文字母，則跟頁數有關。」

夏洛克沉思了一會，忽然眼前一亮：「我知道了！第一行的意思是 ARMS SOLD ！」

「ARMS SOLD？不就是**賣出軍火**的意思嗎？」猩仔感到奇怪，「軍隊只會買軍火，為何會賣軍火呢？」

「我明白了！是**倒賣軍火**，這是將軍倒賣軍火的帳目！」夏洛克**一針見血**地指出。

「倒賣軍火……」多巴震驚萬分，「啊……難怪將軍要**誣衊**家父了。他一定是害怕家父揭發他的惡行，就把家父**趕上絕路**！」

「默雷先生，你當日也在現場，你有何看法？」桑代克看着**呆若木雞**的默雷，冷冷地問道。

「我⋯⋯」默雷欲言又止。

「默雷先生，將軍的日記已說明了一切。請你務必說出真相，還家父一個清白！」多巴催逼。

默雷沉吟半晌，最後深深地歎了一口氣說：「事到如今，我已無法隱瞞了。沒錯，事發後，我找到了多隆的屍體，在他被利器刺中要害的傷口裏，發現一截劍尖⋯⋯」

「啊！那不就是？」多巴驚訝地看了看默雷，又看了看雕像手握的斷劍。

「是的，那是將軍的劍尖。當日，

當將軍戰死，敵軍退卻後，我在草叢中找到了**多隆的屍體……**」默雷把仍然**歷歷在目**的情景道出。

「啊……！這……這不是將軍的劍尖嗎？」我赫然一驚，馬上把**斷裂的劍尖**拔出，想也不想就用力一扔，把它丟到草叢中去。

「原來……原來是將軍把多隆殺了！」我**懊惱萬分**地想，「日前多隆告訴我，說將軍

可能倒賣軍火，我不肯相信，還把他訓斥了一頓。要是……要是我聽他的，認真地去調查一下，就不會……」

「太過分了！將軍竟然把我的好友多隆殺了！我要把這事實\公諸於世/！」我看着多隆的屍體，氣得青筋暴現。

「不！」可是，我馬上又回復了冷靜，「我不能把將軍倒賣軍火的真相公開！他……他可是我的外父啊！我公開真相，必定會牽連自己和妻兒。」

「可是……我該怎辦？」我苦惱地沉思片刻

後，終於得出一個結論，「人死不能復生，反正多隆和將軍都死了，秘密將永遠長眠地下。我不揭發，也不會有人知道。」

想到這裏，我脫下軍帽，向多隆的屍體深深鞠了一個躬，然後就黯然地離開了。

聽完默雷的憶述後，眾人皆陷入沉默之中，久久不能言語。

「可是，我還有一點不明白的。」夏洛克打破沉默地問，「將軍雖然要除掉多隆，但怎會貿然進軍，令到全軍覆沒呢？」

「這個嘛……」猩仔擦一擦鼻子，**成竹在胸**地插嘴道，「問我吧，我已猜到了。」

「甚麼？你猜到了？」夏洛克並不相信。

「嘿嘿嘿，這次不用使出**拉屎功**也找到答案了。」猩仔挺起胸膛，**中氣十足**地說，「聽着！將軍揮軍向敵人進擊，是想搶回一些軍火**補充軍火庫**。這樣的話，就不怕別人說他倒賣了。哇哈哈，這個推理**完美無缺**吧？不用稱讚我啊，我知道自己實在太厲害了！」

聞言，眾人幾乎同一時間都**翻了白眼**。

夏洛克正想駁斥猩仔的**歪理**時，突然，

「嗖」的一下，一個松果飛至，「啪」的一聲正好打在猩仔的頭上。

「哇呀！好痛！」猩仔大叫。

「看來，連松鼠也認為你的推論不對呢。」夏洛克說。

「對了，默雷先生，你對此有何看法？」桑代克問。

「我嗎？我估計，將軍是**老羞成怒**，為了追殺多隆而**一時失去理性**吧。」默雷沒有信心地猜測。

「是嗎？」桑代克沉思片刻，「依我看，將軍的做法可能與『樹葉藏於森林』一樣呢。」

「『樹葉藏於森林』？甚麼意思？」多巴問。

「意思就是──」桑代克一頓，眼底閃過一下寒光，「將軍可能為了掩飾自己刺殺部下的真相，企圖在當日的叢林中堆起**一座屍體之山！**」

「啊……」默雷想了想，馬上明白了，「你是指將軍他……他想利用其他屍體來掩蓋多隆死亡的真相！」

「那……那傢伙簡直**毫無人性**！」多巴憤怒地罵道，「竟然為了隱瞞真相，犧牲這麼多部下的性命！」

「且慢。」桑代克連忙補充，「我只是說可能而已，真相已隨着將軍的戰死而**長眠地下**，我們已**無法知悉**了。」

「不管真相如何，將軍確是害死了多隆和一眾

部下。」默雷毅然決然地向多巴說，「為了挽回令尊的名譽，讓我把日記上的密碼公諸於世吧。相信這樣做的話，這個雕像很快就會被世人唾棄了。」

「是嗎？謝謝你！」多巴激動地道謝。

「喂！」突然，猩仔不滿地嚷道，「我呢？也該向我道謝啊。全靠我和新丁3號，才能解開日記上的密碼啊！」

猩仔話音剛落，突然「嗖」的一下又飛來一個松果，又「啪」的一聲打在猩仔的額頭上。

「哇！好痛呀！」猩仔慘叫。

眾人抬頭看去，只見幾隻小松鼠看着猩仔在「吱吱」叫。

「哈哈哈！你的**廢話**說得太多了，連松鼠也**看不過眼**呢！」大家都不禁笑了。

解 謎 篇

謎題①

松鼠位置如圖所示。

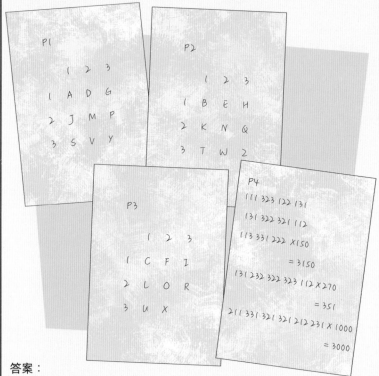

答案：
P4每3個數字代表1個英文字，而解密方法，則需要對比P1至P3。
例如113，代表P1、橫1、直3，即G。331則代表P3、橫3、直1，即U。

P4全頁解密如下：
ARMS SOLD
GUN X150 = 3150
SWORD X270 =351
BULLET X 1000 =3000
後面的數字只代表銷售數字和價錢，並不需要解密。

實戰推理短篇

怪人的寶物

神秘的二手古董店

烈日當空，猩仔與夏洛克一起吃力地爬上一個斜坡。

「好熱啊！」猩仔汗流浹背地說，「這是甚麼鬼天氣？」

「好像已經兩個月沒下雨了。」夏洛克也**大汗淋漓**地應道。

「這個混蛋老天，連下雨也不懂。想把人熱死嗎？」猩仔抹着汗，對太陽**漫罵**起來。

「你這麼亂罵，小心有報應喔。」

「哼，會有甚麼報應？天朗氣清，難道要下雷劈我不成？」

沒想到此話一出，天空就忽然傳來「**隆隆**」的雷鳴！密雲在一瞬間已遮蓋了太陽，大雨突然「嘩啦嘩啦」的*傾盆瀉下*。

「哇！怎麼忽然這麼大雨啊？」猩仔**大吃一驚**，慌忙往斜坡頂奔去。

「看！都是因為你亂罵，老天爺終於**發怒**啦！」

「哎呀，我怎知道老天爺會跟我爺爺一樣小氣呀！」猩仔**話音剛落**，天空就突然閃了一下，幾秒後，「**轟隆**」一聲，一個**響雷**破空轟下。

「哇呀！」猩仔被嚇得哇哇大叫，他**慌不擇路**似的頂着暴雨，直往斜坡頂上的一所小房子衝去。

夏洛克抬頭看了看那房子，不禁**赫然一驚**，但看到猩仔狂奔而去，也只好頂着暴雨跟上。

猩仔**氣喘吁吁**地奔到小房子的門前，用力地拍門叫道：

「開門呀！救命呀！老天爺想要劈我！」

「喂！你冷靜一點好嗎？」夏洛克叫道。

這時「轟隆、轟隆、轟隆」的雷聲接連響起，嚇得猩仔更慌了。

「開門呀！」猩仔用盡全身之力，猛地往木門撞去。

「嘭」的一聲，木門應聲倒下。

「哇呀！」猩仔霎時失去平衡，「咕咚咕咚」的打了幾個筋斗，滾進了屋內。夏洛克大驚，也慌忙走了進去。

「猩仔，你沒事吧？」

「嗚……痛死我了，我的**八月十五要開花了**！」猩仔使勁地擦着自己的屁股，忍痛爬了起來。

「咦？你撞破門也沒人出來，難道屋內沒有人？」夏洛克往屋內看了看，感到有點**詫異**地說。

「沒有人嗎？太好了！可以讓我們暫避一下。」

「不可以啊！這是**擅闖民宅**，犯法的。」

「是嗎？那麼你走吧，我等雨停了才走。」猩仔擺擺手說。

「**呀**！」突然，夏洛克想起甚麼似的驚叫一聲。

「怎麼了？」猩仔問。

「剛才衝上斜坡時，你有沒有注意這房子的外形？」夏洛克**語帶驚恐**地問。

「我只顧避雨，還哪有空看啊！房子的外形怎麼了？」

「它……它的外形很古怪，整個屋子**斜斜歪歪**，屋外還掛着一個變了形的大鐘，就像……」夏洛克吞了一口口水，戰戰兢兢地說，「就像一所**鬼屋**似的！」

「真的嗎？」猩仔被嚇得瞪大了眼睛。

「你害怕？」

「我……？」猩仔被這麼一問，馬上**強作鎮靜**地拍一拍自己的胸膛説，「哈哈

哈⋯⋯這世上怎會有鬼，我才不怕呢。」

「是嗎？」夏洛克以為猩仔不怕，自己也**壯着膽子**，擦了擦眼睛環視了四周一下。這時，他在昏暗之中才發覺四周都放滿了木櫃，

櫃子上還排滿了不同的**盒子**、**時鐘**、**留聲機**等物品。

「哈⋯⋯這兒看來是一間專門修理**破銅爛鐵**的店子呢。」猩仔勉強地擠出笑臉說。

「**呀！**」突然，夏洛克指着猩仔身後驚叫。

「哇！」猩仔驚叫一聲，已「嗖」地閃到夏

洛克身後躲起來。

「那……那兒……蓋着的是甚麼呢？」夏洛克指着店子中央的大木桌說。

猩仔定晴一看，只見桌上有個人形似的東西被一塊白布覆蓋着，看得讓人毛骨悚然。

「是……是人嗎？」猩仔抓緊夏洛克的雙臂，戰戰兢兢地說。

「要把布揭開來看看嗎？」夏洛克壯着膽子說。

「不！千萬不要！萬一裏面的東西突然撲出來怎麼辦？」猩仔**拚命搖頭**。

「你剛才不是說不怕的嗎？」

「我……我哪裏怕了！我是擔心你會被**嚇破膽**呀。」猩仔強作鎮靜地說，「對了，點燈吧！有光就不怕了。」

「但是，好像沒有**油燈**或者**蠟燭**啊。」

「哎呀，果然危急的時候還得靠我！」猩仔仍縮在夏洛克背後，但伸出手來指着桌上說，「那兒不是有**蠟燭和火柴**嗎？快去拿吧。」

「可是……」夏洛克看了看被白布蓋着的東西，不敢走近。

「**膽小鬼**，快去吧！」猩仔用力一推，把夏洛克推到桌前。

夏洛克只好**硬着頭皮**伸手一抓，抓起一根蠟燭和火柴後立即退了回來。

「好像沒有**燭台**呢。」猩仔往四周看了看。

「是嗎？」夏洛克也瞇起眼睛找了一下，雖然沒看到燭台，卻在窗邊找到一隻**七彩玻璃杯**。兩人慌忙把它當作燭台，匆匆點燃了蠟燭。這時，暴雨猛擊着**搖搖欲墜**的窗子，燭光也被竄進來的風吹得**左搖右擺**。

在燭光的幫助下，兩人總算看清楚店內的擺設。從**懷錶**到**古老大鐘**，**風扇**到**機械玩偶**，店子內陳列着各種不同的機械物品，每個看起來雖然都很**精巧**，但很多形狀都不規則，造型非常**怪異**。

「是間專門回收機械物品的**二手古董店**嗎？」夏洛克呢喃。

「但這些東西都很詭異，有點嚇人啊！」猩仔有點驚恐地說。

就在這時，突然有甚麼「**啪噠**」一下打在猩仔的後頸，把他嚇得整個人撞到旁邊的一個木櫃，櫃上的**一盒積木**更被撞得「嘩啦嘩啦」的掉到地上。

「你怎麼了？」夏洛克問。

「哇！慘了！慘了！我要死了！我……我的後頸……冷冰冰……一定是流血了！」猩仔被嚇得大呼小叫，卻不敢動彈。

「真的？」夏洛克慌忙看了看猩仔的後頸，又抬頭看了看天花板後，沒好氣地說，「哎呀，只是上面滴水罷了，別自己嚇自己啊！」

「是嗎？」猩仔摸了摸後頸，果然只是被滴下來的雨水弄濕了。

「快收拾地上的積木吧，不然踩到它們時，你又以為踩到屍骨了。」

「好的、好的！」猩仔與夏洛克一起，**匆匆忙忙**把積木撿起放回櫃子中。

「唔？」夏洛克發現麼似的說，「這兒有另一盒積木，看來有點特別呢。」

猩仔湊過頭去看，果然，櫃上有一個長方形的盒子，盒中**整整齊齊**地放滿了一塊塊四方形的小積木。不過，奇怪的是，當中分散在盒中的6塊積木還分別刻着**1至6的數字**，仿似**暗藏玄機**。

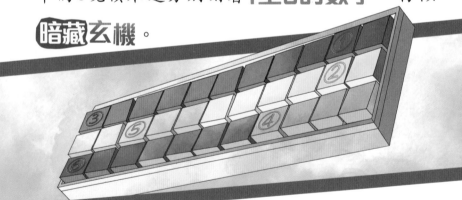

「看來是一道**謎題**呢。」夏洛克說。

「謎題？」猩仔眼前一亮，「我就知道這麼

古怪的古董店，一定隱藏了甚麼**驚人的秘密**了！」

夏洛克拿起刻着3字的那一塊積木，檢視了一會後說：「看來謎題跟積木本身無關呢。」

「那麼謎題是甚麼？」猩仔再看了看盒子，發現

6個數字分佈在不同顏色的積木上，惟獨**藍色**沒有。

謎題①：請找出①至⑥代表的英文字母。

③								①	
		⑤						②	
⑥							④		

想不到的話，可以翻至p.124看答案啊。

神秘的二手古董店

75

「唔……」夏洛克盯着積木沉吟，「看來①至⑥各自代表不同的英文字母。只要找出這些字母，再順數字的次序把它們排列起來，就能得出答案了。」

「**順數字的次序**嗎？」猩仔想也不想就興奮地叫道，「哇哈哈！太簡單了！順序嘛，答案當然就是①＝A、②＝B、③＝C、④＝D、⑤＝E、⑥＝F啦！」

「你亂叫甚麼呀？**全錯了**！」

「甚麼？全錯？」猩仔一**臉不悦**，「不可能！A至F不是剛好對應①至⑥嗎？」

「哎呀！順序不是這個意思呀。」夏洛克氣結，「算了，給你一些提示吧。譬如說，紅色的積木有3塊，你想到紅色和3有甚麼關連嗎？」

「番茄醬！」

「不對！」

「西瓜肉！」

「不對！」

「紅蘋果！」

「不對！為甚麼你只聯想到食物呀！RED不就是3個字母嗎？」夏洛克沉不住氣說。

「那又怎樣？」

「假如3塊積木代表RED，⑥就代表R。依這個法則去推理，就能知道①至⑥自各代表甚麼英文字母了。」

「這麼説的話……」猩仔盯着積木**沉思片刻**，突然抬起頭來説，「我知道了！答案是**COPPER**！」

「你終於答對了，沒錯，就是**銅**。」

「銅？那又怎樣啊？」

「這個嘛——」夏洛克説到這裏，突然**臉帶懼色**地望着前方，呆住了。

「怎麼啦？」猩仔回頭一看，只見一個**黑影**佇立在門外，其雙手還拿着**一把鐵鎚**和**一把鋸子**！

怪人的徒弟

「哇呀！**殺人鬼**呀！」猩仔不禁高聲驚叫。

「你別**亂吵亂嚷**！我是人，不是鬼！」黑影罵道。

「那……那麼你是甚麼人呀？」猩仔仍《**驚恐得下巴顫抖**》。

「這個問題應該由我問才對！」黑影屬聲質問，「你們為何闖進我師父的店子？想偷東西嗎？」

「不、不、不！我可是**鼎鼎大名**的少年偵探團G的團長！」猩仔高聲澄清。

「對不起，我們只是借個地方避雨。」夏洛克也慌忙解釋。

「哼，原來是兩個**小屁孩**來避雨。」黑影放下**戒心**問，「你們是怎樣進來的？」

「那道門用力一推就開了呀。」猩仔說。

「是嗎？一推就開？小屁孩的力氣也真不小呢。」黑影走進店內，原來是個年輕人。

「喂，我是**偵探團**的**團長**，不是甚麼小屁孩！」猩仔不滿地嚷道，「你還沒說你是甚麼人呢？」

「我是這**古董店的學徒伊雷爾**。」年

輕人邊脫下雨衣邊問，「你們進來時，有沒有發現甚麼地方漏水了？」

「有啊，在那邊！」猩仔指着頭頂的天花板說。

「呀……果然漏水了。」伊雷爾抬頭看了看，馬上找來幾塊鐵皮，爬上了梯子，用手上的鐵鎚「叮叮噹噹」的修理起來。

「伊雷爾先生，天花板常常漏水嗎？」夏洛克問。

「這屋子太舊，雨勢大的話，有時就會

漏水。」伊雷爾又「叮叮噹噹」的敲打起來，「對了，為甚麼不點多幾根蠟燭？好黑啊！」

「我們找不到燭台啊？只好借用一個玻璃杯來點蠟燭，希望你不要介意。」夏洛克說。

「啊……」伊雷爾停下手來，他低頭看了看夏洛克，有點遲疑地說，「是的……燭台是銅製品，我把它們都拿走了……」

「銅製品？」夏洛克眼前一亮，「難道跟那道謎題有關？」

「謎題？甚麼意思？」伊雷爾訝異。

「那是一盒積木上的謎題，答案是COPPER，即是『銅』。」猩仔說，「你知道是甚麼意思嗎？」

「啊！」伊雷爾連忙攀下梯子追問，「難道你們解開了那盒**七彩積木**  上的謎題？」

「嘿！少年偵探團G的團長厲害吧？這點小謎題實在太簡單了，又怎會難倒我？」猩仔裝腔作勢地**自吹自擂**。

「喂，謎題是你解開的嗎？」夏洛克斜眼瞅了猩仔一下。

「哈哈哈，都一樣啦！」猩仔**吃吃笑**，「你的答案是我的，我的答案也是我的呀！」

「沒想到你們兩個小屁孩也有點本事。」伊雷爾佩服地說着，遞上一個**圓形匣子**，問道，「那麼，你們能解開當中的秘密嗎？」

那圓形匣子看起來就像航海用的星盤似的，中央有一個像是鐘面似的圓片，上面刻着一些**羅馬數字**和符號，還寫着《FIND THE WORD》的字句。

「這是我師父製作的**星盤**，我想來想去，也解不開上面寫着的謎題。」

「哎呀，直接問你師父不就行了？」猩仔**自作聰明**地提議。

「師父出的題，自然有他的用意，我又怎能隨便問他。」伊雷爾有點苦惱地說，「其實他一共出了**三道謎題**，說只要能全部解開，就可把**暗藏的寶物**拿走，但我只解開了一道，也就是彩色積木上①至⑥的數字所代表的字母

——COPPER（銅）。所以，我把店內所有銅製品都帶走，看看能否破解**箇中秘密**。」

「原來如此。」夏洛克**恍然大悟**，「難怪找不到**銅製的燭台**，原來都被你拿走了。」

「且慢、且慢、且慢！」猩仔擺擺手，以懷疑的眼神盯着伊雷爾說，「想破解銅器中的秘密，可以慢慢在店裏研究呀！何須**大費周章**把所有銅器都搬走？哼！我看有人趁師父不

在，乘機 順手牽羊 罷了！」

「甚麼？順手牽羊？」伊雷爾被氣得 七孔 生煙。

「嘿嘿嘿，真是 家賊難防 呢。」猩仔得 勢不饒人，再出言嘲諷。

伊雷爾被氣急了，只好 自暴自棄 地說： 「我有 難言之隱，不能留在店裏！」

「呵呵呵，難言之隱！他說有難言之隱 呢！」猩仔向夏洛克說，「你信嗎？你也不信 吧？」

夏洛克看了看急得**面紅耳赤**的伊雷爾，又看了看手上的星盤說：「我信！」

「甚麼？你信？」猩仔大感意外。

「對，我信**證據**。」夏洛克說，「我信只要破解這個星盤上的謎題，就能找到證據，證明伊雷爾先生是否**家賊**。」

謎題②：《FIND THE WORD》
首先想想「》《」的意思吧！
想不到的話，可以翻至p.125看答案。

《FIND THE WORD》
Ⅷ Ⅶ Ⅱ Ⅹ Ⅳ Ⅸ

「好吧！**疑點利益歸於被告**，先當他清白的吧。」猩仔**老氣橫秋**地摸摸下巴說，「那麼，讓我們先破解圓匣上的羅馬數字Ⅷ、

Ⅶ、Ⅱ、Ⅹ、Ⅳ、Ⅸ吧！」

「不，我認為羅馬數字上方那個》《符號更令人在意呢。」夏洛克說。

「為甚麼？」猩仔並不明白。

「因為繞成一個圈的數字都跟下方橫列的數字相對應，只有那個》《符號 孤零零 地置於正上方，看來必有**特殊含意**。」

「有道理！」看着兩人認真地討論，伊雷爾不禁插嘴和應，看來他已忘記了剛才猩仔的**無理指控**。

夏洛克緊盯着星盤思考了一會，忽然靈光一閃道：「我明白

了！那個》《符號，跟FIND THE WORD這句子是有關連的。你們看得出來嗎？」

「FIND THE WORD……》《符號……」伊雷爾**沉吟半晌**，忽然抬起頭來，以**不敢置信**的語氣說，「難道……是**WEIRDO**的意思？」

「沒錯。」夏洛克用力地點點頭。

「WEIRDO……怪人，是我**師父的綽號**啊。」

「啊？你師父是個**怪人**嗎？難怪這間店子擺滿了**古靈精怪**的東西啦！」猩仔說。

「其實，我師父只是**沉默寡言**，不擅交際罷了。不熟悉他的人以為他**脾氣古怪**，久而久之，人們就認為他是一個怪人了。」伊雷

爾説，「不過，師父其實是個好人。我自幼**無父無母**，是師父一手把我養大，還將所有修理機械的工藝 傾囊相授，是我的大恩人。」

「唉⋯⋯這麼説來，我也是一個怪人呢。」猩仔忽然 自怨自艾 地裝起帥臉説，「我雖然又帥又有型，但自幼沉默寡言，又不擅交際，全班有20個女生，只有19個是我的 閨密，我和你的師父真是不相伯仲，都是 不擅交際的怪人 呢。」

「**傻瓜！** 20個女生中有19個是你的閨密，又怎會是個不擅交際的怪人！」伊雷爾氣結地罵道。

91

「算了，別理他。」夏洛克慌忙説，「他的自怨自艾只是**裝模作樣**地炫耀而已。其實，他是個**口沫橫飛**，在公眾廁格拉屎時也能結識朋友的**天才小屁精**。」

「是嗎……？」伊雷爾歎了口氣，**顧影自憐**似的説，「你這麼了解他，一定是他的**好朋友**吧？我真羨慕你們啊。小時候，我因為是怪人的徒弟而交不到朋友，永遠都被人**欺負**……」説着，他

抬頭看着掛在牆上的一張合照，憶起了與師父一起的**往事**……

那一年，我才十歲左右。

「揍他！他是怪人的徒弟，看見就叫人**不順眼**，來！一起揍他！」附近的頑童們常常**不由分說**就走來打我。

我還記得，那天下着大雨，我雖然奮力**負隅頑抗**，但仍被打得傷痕累累。無情的雨水打在我的傷口上，令我**痛入心脾**。師父看見我這個模樣，甚麼也沒有說，只是**眼泛淚光**，和默默地為我清洗傷口。我知道，他的心裏已在**淌血**，只是不懂得如何安慰我罷了。

但是，我心裏**氣極**了，就向師父怒喊：「你為甚麼任由別人取笑你？他們說你是怪人，你為何不反駁？害我也被人取笑、被人欺負！」

「怪人……嗎？」師父低吟，然後搖搖頭說，「就由他們取笑吧。」

第二天早上，師父把店子的招牌換成「怪人工坊」。我呆呆地看着那塊招牌。師父沒有說話，只是摸了摸我的頭就走開了。

我看着師父遠去的背影，不知怎的，在那看來有點佝僂的背影上，我看到了一股**堅毅的傲氣**。那一刻，我明白了，師父根本不會理會別人的取笑，他只是做自己喜歡做的事，**盡心盡力**

怪人的徒弟

地修理客人交來的東西——讓停止不動的鐘錶再次**滴答作響**；讓破爛了的風扇再吹出**習習涼風**；讓暗淡的電燈再次發出**耀眼光芒**。

　　所以，別人叫他「怪人」，他就索性把店鋪喚作「怪人工坊」。他要告訴我，做好自己應做的事就行了，別人的取笑根本不值一哂！自此以後，我努力地學習師父修理機械的技藝，已不再理會別人的取笑了。

　　「嗚……太感人了。你們師徒真是**情同父子**啊。」猩仔聽着聽着，不知何時已被**感動得流下了眼淚**。

「情同父子嗎？我的確很尊敬他，只是……」伊雷爾**欲言又止**。

「只是？」

「師父雖然**早年喪偶**，但他有一個兒子——」說到這裏，伊雷爾把手上的鐵鎚往旁一扔，故意**岔開話題**說，「對了，我們已經得知『**銅**』和『**怪人**』兩個答案了，快去找出第三個謎題的答案吧。」

「是的，要解開全部三個謎題，才能知道你師父所說的**寶物**在哪裏。」夏洛克點點頭，「那麼，伊雷爾先生，**第3道謎題**是甚麼呢？」

「這個……」伊雷爾有點尷尬地搔搔頭說，「其實，師父沒說第3道謎題在哪裏，我也不太清楚。」

「那麼，你師父所說的寶物呢？那究竟是甚麼？」夏洛克再問。

「這個……我也不知道啊。」

「哎呀，你怎麼甚麼也不知道啊。不過，沒關係啦，問我就行了！」猩仔成竹在胸似的說。

「問你？你怎會知道？」夏洛克不敢置信。

「哈哈哈！這只是個心理測驗罷了，只要明白他師父的心理，就知道寶物是甚麼

啦。」猩仔一頓，**自作聰明**地笑道，「就像爺爺打賞我一樣，不是零食就是玩具，師父說的寶物一定是好玩的玩具，例如一把**玩具槍**！嘻嘻，那是我最想要的呢！」

夏洛克和伊雷爾聞言，**兩腿一歪**，幾乎同時摔倒。

學寫字的怪人

就在這時，一陣大風從門外吹了進來，「呼」的一下，把蓋在桌上那人形物體上的白布吹開了。

「哇！」猩仔看到白布下的東西，被嚇得登時大叫。

「啊……」夏洛克也看到了，那是一個坐在一張小桌子後的人形機械玩偶，它的面孔佈滿**螺絲齒輪**，看起來有點**嚇人**。

「嚇死我，原來只是個玩偶。」猩仔說。

「是的，它是師父最近打造的**機械玩偶**，名為『**學寫字的怪人**』。」伊雷爾說。

「『學寫字的怪人』它在寫甚麼？」猩仔湊過頭去看，看到紙上有些**古怪的符號**。

「咦？它的腳下還有**六個可以轉動的密碼鎖**。」夏洛克指着玩偶下方說，「看來它其實是一台可以輸入密碼的裝置呢。」

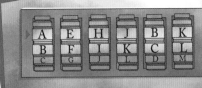

「啊！難道這就是**第3道謎題**？」伊雷爾訝異。

「肯定是了。」夏洛克說，「看來，紙上的符號就是**破解密碼**的提示呢。」

謎題③：試解開以下密碼

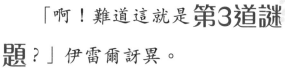

VV3OV = | | |、| 　 、

請留意兩邊符號的位置！想不到答案的話，可以翻至p.125看答案。

「VV3OV等於11111⋯⋯」夏洛克盯着紙上的文字沉吟。

「是甚麼意思呢？」伊雷爾也自言自語。

V=5

「我知！我知！那些V一定是**羅馬數字**，代表5，也就是說55305=11111。」猩仔**自以為是**地搶道。

「然後呢？」夏洛克問。

「還看不出來嗎？」猩仔**理所當然**地說，「當然是伊雷爾的師父計錯數啦！55035又怎會等於11111啊！」

「不可能！我師父的數學很好，就算是5位數相加也馬上能把答案**心算**出來。」伊雷爾**一口否定**。

「唔……表面看是數字，如果不是數字又怎樣呢？」夏洛克摸了摸下巴想了想，突然叫

道，「我明白了！那些不是數字，而是**砍成兩半的字母**！」

「砍成兩半的字母？即是甚麼啊？」猩仔**摸不着頭腦**。

夏洛克沒有回答，只是從櫃中取來兩張紙，把「＝」兩邊的符號「V〷30〵」和「｜｜｜｜ 」分別抄到紙上，然後把它們**疊起來**放到燭光前面。

「啊！」猩仔和伊雷爾**不約而同**地驚叫。

在燭光**映照**下，兩張紙上的符號「VV30V」跟「11111」竟組合出一句句子——*MY BOY*！

「MY BOY？難道這就是 解鎖密碼 ？」猩仔驚訝地問。

「不，密碼要輸入 6個字母 ，但MY BOY卻只有 5個字母 。」夏洛克說。

「呀！我知道了！」猩仔向伊雷爾說，「你的師父不是有個 兒子 嗎？他的名字是否由6個字母組成？是的話，MY BOY應該是指他兒子的名字。」

「嗯……他的名字叫 阿諾德(Arnold) ，確是由6個字母組成。」伊雷爾 遲疑不決 似的，顫動着指頭，輸入了阿諾德的名字。

猩仔和夏洛克 屏息靜氣 地盯着，可是，怪人玩偶卻一點反應也沒有。

「不行，沒有反應。」伊雷爾語氣中有點失望，但聽起來也像鬆了口氣。

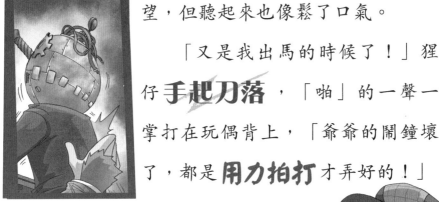

「又是我出馬的時候了！」猩仔 手起刀落，「啪」的一聲一掌打在玩偶背上，「爺爺的鬧鐘壞了，都是 用力拍打 才弄好的！」

然而，玩偶的頭顱卻

「咯吱咯吱」地搖晃了兩下，接着竟脖子一歪，整個頭掉到猩仔手中。

「哇呀！」猩仔驚叫一聲，嚇得把玩偶的頭顱扔了出去。

幸好夏洛克 眼明手快，馬上把頭顱接住，

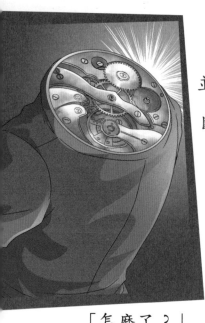

並罵道：「你把玩偶的脖子弄斷了，怎辦啊？」

「不要緊，應該能**修好**的。」伊雷爾接過玩偶的頭顱，正想把它放回玩偶的**斷頸**上時，卻忽然止住了。

「怎麼了？」

「這裏好像 缺了一顆齒輪 。」伊雷爾指着斷頸中的機關說，「這個形狀好像……？」說到這裏，他把頭顱交回給夏洛克，慌忙在自己的口袋中找了一下。

「這……」他從口袋中掏出一枚**透明的懷錶**說，「你們看，這懷錶內有一塊**銅色齒輪**，它的形狀是否與

斷頸中缺少的齒輪**吻合**？」

　　「唔……看來確實很吻合呢。」夏洛克說。

　　「我上個月滿師，這是師父當時送給我的禮物，他說我已經**學有所成**，已經是**獨當一面**的機械修理師了。」

　　「對了，你一直說師父師父的，他去哪了？」猩仔好奇地問。

　　「他昨天……」伊雷爾遲疑了一下才說，「去找他的**不肖子**去了。」

　　「不肖子？」夏洛克訝異。

　　「是，師父的兒子是個不肖子。他**好吃懶做**，又因賭錢而**欠債累累**，早年已被逐出家門。可是，

師父最近又跟他聯絡。」伊雷爾愁眉苦臉地說，「師父最近不時提到打算退休，看來，他是打算叫兒子回來繼承這店子吧。所以……我才決定識趣地離開。」

「原來如此。」夏洛克想了想，「所以，你就把所有銅器拿走研究嗎？不過，既然第1道謎題的答案是『銅』，你為何捨近圖遠，不研究一下

一直帶在身上的**那枚懷錶**呢？」

「啊？你是指錶內的那顆**銅色齒輪**?」

伊雷爾問。

「是呀，你師父把齒輪藏在那裏，一定有其含意。」

「我明白了！」

伊雷爾馬上把懷錶拆開，並**小心翼翼**地把那顆銅色齒輪取出，再放進玩偶的斷頸之中。

咔嘞……咔嘞……咔嘞……咔嘞……

玩偶中傳出輕輕的齒輪轉動聲，接着，三人發現，它**面上的齒輪**也緩緩地轉動起來了。

「動起來了！動起來了！」猩仔**興奮地呼叫**。

「噓！」夏洛克忽然豎起耳朵說，「你們

聽聽！」

這時，一陣《微弱的聲音》響起。不一刻，聲音愈來愈大，「叮叮噹噹」的像音樂盒般發出了簡單但又悅耳的音樂。

伊雷爾聽着聽着，兩眼很快就眶滿了淚水，最後更奪眶而出，沿着他的臉龐滾滾落下。

「伊雷爾先生，怎麼了？」夏洛克問。

「沒甚麼……」伊雷爾抹了抹眼淚說，「我小時候，每逢**雷雨之夜**，師父為了安撫我入睡，都會哼這首**搖籃曲**給我聽。我長大後，曾多次叫他再哼給我聽，他也沒答應。沒想到……如今竟然會再次聽到。」

「原來如此……」夏洛克想了想，「你師父把這首搖籃曲藏到這機械玩偶中，有甚麼**含意**呢？難道……他想暗示『MY BOY』其實就是你？」

「是我……？怎麼會？」伊雷爾不敢相信地瞪大了眼睛。

「哎呀，你真**婆媽**啊！在密碼盤中輸入你的名字，不就知道答案了嗎？」猩仔沒好氣地說。

伊雷爾看了看猩仔，又看了看夏洛克，有點

遲疑地點點頭：「好吧……」接着，他戰戰兢兢地在密碼盤中輸入「ISRAEL」。

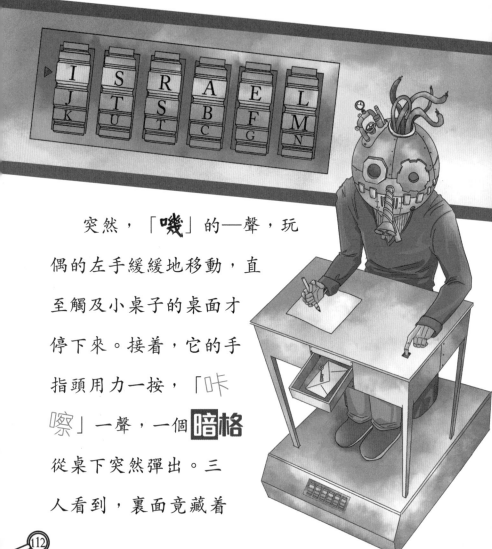

突然，「嘰」的一聲，玩偶的左手緩緩地移動，直至觸及小桌子的桌面才停下來。接着，它的手指頭用力一按，「咔嚓」一聲，一個**暗格**從桌下突然彈出。三人看到，裏面竟藏着

學寫字的怪人

一封信 和 一條鑰匙。

「這是……店鋪金

庫的鑰匙！」伊雷爾一

眼就認出來了。

「有信！快打開看看！」猩仔急不及待地

說。

伊雷爾慌忙拿起信來細讀，看着看着，他的

雙手不禁顫抖起來。

「寫着甚麼？」

夏洛克問。

「師父，

他……」

伊雷爾深深地

吸了一口氣，

緩緩地把信讀出……

113

伊雷爾：

　　一直以來，辛苦你了。

　　我是個不稱職的師父，老是把客人交給

你照顧，就連傳授工作技巧，也總是說不清

楚，要靠你自己觀察、摸索。

　　你還記得之前那個修理懷錶的老婆婆嗎？

　　她因為懷錶不動了，所以拿來修理。

　　我檢查的時候，發現懷錶的聲音太吵

了，所以把它一併修好。但是你卻察覺

到老婆婆那微妙的表情，就耐心地向

她了解。

　　　　透過你，我才得知原來那是

她老伴留下來的懷錶，我以為擾人的「滴答」聲，對她來說其實是對老伴的回憶。

　　然後，你故意換上老舊的零件，讓懷錶再一次發出響亮的「滴答」聲音。那時候，老婆婆那感動的表情，我至今也無法忘懷。

　　就是這樣，我明白到你已經能獨當一面了，所以才開始計劃退休。

　　店鋪金庫的鑰匙就交給你了。

　　如果你願意的話，我希望你能繼承我這間店子。

　　我相信，你一定能把店子打理得比我更好。

　　　　　　　你的師父　魯斯

「哈！原來店鋪的繼承人是你，不是那個不肖子喔！」猩仔**雀躍**地說。

「是我？我誤會了師父……？」伊雷爾看着信件，**不可置信**地說。

「你們在幹甚麼？」這時，一個**渾身濕透**的老人走了進來。

「師父！」伊雷爾馬上走上前去。

「怎麼了？」師父魯斯看到伊雷爾**淚痕滿面**，有點驚訝地問。

「師父……我對不起你。」

「對不起？為甚麼？」魯斯不明所以。

「我早前偷看到你的 電報 ，知道你再次跟兒子聯絡。你一直說要退休，我以為你打算把店子交給他繼承，所以⋯⋯所以我趁你去找兒子時，已 收拾細軟 離開⋯⋯但我剛才看到你留下來的信，我才⋯⋯我才知道⋯⋯」

「不用說了，你明白就好了。」魯斯有點 尷尬 地擦擦鼻子笑道，「其實，我不知道你願不願意繼承這間破店子，直接問又怕你 當面拒絕 ，就想到出幾道謎題來確認了。那封信⋯⋯你知道，我很少寫字，信寫得不好吧？」

「不⋯⋯那封信寫得⋯⋯寫得⋯⋯」伊雷爾**語帶哽咽**，沒法說下去。

「哎呀！你們兩師徒也太**婆婆媽媽**了！」猩仔按捺不住，大聲道，「信寫得好不好有甚麼關係？看得懂不就行了嗎？伊雷爾，願不願意繼承這間怪人工坊？快說！」

「**我⋯⋯我願意！**」

「哈哈！這不就行了嗎？」猩仔**一臉得意**地說，「夏洛克，看！我厲害吧？一句說話就解決了他們兩師徒的**百年恩怨**呢！」

「哎呀，甚麼『百年恩怨』呀！這只是**誤會**罷了。」夏洛克雖然**語帶怪責**，但對猩仔輕易就能打破尷尬的**粗魯冒失**，也不得不感到佩服。

「呵……呵……呵……」魯斯開懷地笑道，「這位小兄弟真有趣，我終於可以放下**心頭大石**，安心地走了。」

「走？」伊雷爾訝異，「師父你為甚麼要走？我雖然繼承了店子，但這裏仍是你的家，你仍可住在這裏呀。」

「不，我不是這個意思。」魯斯搖搖頭說，「其實，我得了**癌症**，醫生說我**活不久**了。」

(119)

「師父……」

「所以，我才去找那個不肖子，跟他正式**脫離父子關係**，以防他回來跟你爭奪店子。」

魯斯拍了拍伊雷爾的肩膀，**語重心長**地說，

「這店子能走到這一天，你有一半功勞。所以，我打造那個機械玩偶，把東西都藏在謎題中，就是**想確保擁有懷錶**的你才能接管我的一切。」

「但是……我愧對於你，不配當你的徒弟……」

「不！你是我的好徒弟。」魯斯把伊雷爾擁入懷中，在**佈滿皺紋**的臉上，綻放出**燦爛的笑容**。

夏洛克凝視着這對**如同父子**的師徒，心想：「伊雷爾，你雖然因為一時的誤會而離開，但看到下大雨時，不是馬上回來修理天花板嗎？你的心其實一直沒有離開，你是魯斯師父的**好徒弟**。」

「咦？雨停了！」猩仔忽然指着窗戶叫道，「看！還有**彩虹**呢！」説完，他已**興沖沖**地衝出門外。

夏洛克和伊雷爾師徒也跟着走了出去，果

然，天邊架着一道**漂亮的彩虹**。這時，夏洛克還聽到魯斯低聲呢喃：「**雨過天晴**真好……真好啊……」

謎題①

　　每一列顏色的格子相等於該顏色的英文名稱。例如,由3個紅色格子組成一列的就是RED。按此原則,填滿所有顏色列後,就知道①至⑥的字母是甚麼,再按順序排列,就能得知①至⑥等於COPPER(銅)了。

P	U	R	P	L	E	B	L	A	C	K
G	R	E	E	N	Y	E	L	L	O	W
R	E	D	B	L	U	E	P	I	N	K

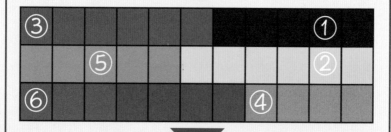

$$①②③④⑤⑥=COPPER$$

謎題②

答案：星盤最上的符號「》《」，其實是暗示「《》」內的字母「FIND THE WORD」，只要將這些字母順時針方向放上星盤，就會得出下圖。

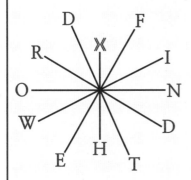

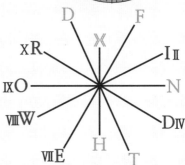

再比對羅馬數字的位置，就可拼出答案：WEIRDO。

謎題③

$V^V 3 0^V = I I , I \quad ,$

只要將等號兩邊的圖拼合起來，就能得出以下圖案：

MY BOY

所以答案就是「MY BOY」。

秋天

秋天令人特別哀愁。

樹葉藏於森林

你放屁了！

好臭！

紅葉散落，的確令人寂寞呢。

哼！
樹葉藏於
森林……

不是因為那樣。

噗

噗

噗

噗

秋天
日短夜長，
玩耍時間
少了！

這樣就
不覺得第一個
屁臭了吧！

更加臭
呀！

不值一哂

伊雷爾
兩師徒的故事，
令我深受感動。

怪人的徒弟

因為師父是怪人，
所以就會被叫
「怪人的徒弟」
……

做好應做的事，
別人的取笑
不值一哂！

你要不要
改名俊俏？

為甚麼？

你儘管
取笑我吧！

你幹了甚麼？

因為

我是
你的團長…

我考試
0分，
又如何？

所以大家
就會叫我做
「俊俏的
團長」了！

大偵探福爾摩斯

實戰推理系列

斷劍傳說 ⑦

原案&監修 / 厲河　小說&繪畫 / 陳秉坤
（《斷劍傳說》中將軍用行軍掩飾自己殺人的橋段來自G・K・卻斯特頓的《The Innocence of Father Brown：The Sign of the Broken Sword》，但故事完全不同。）

着色 / 陳沃龍、徐國聲　封面設計 / 陳沃龍　內文設計 / 麥國龍、葉承志
編輯 / 郭天寶

出版
匯識教育有限公司
香港柴灣祥利街9號祥利工業大廈2樓A室

想看《大偵探福爾摩斯》的
最新消息或發表你的意見，
請登入以下facebook專頁網址。
www.facebook.com/great.holmes

承印
天虹印刷有限公司
香港九龍新蒲崗大有街26-28號3-4樓

發行
同德書報有限公司
九龍官塘大業街34號楊耀松（第五）工業大廈地下
電話：(852)3551 3388　傳真：(852)3551 3300

購買圖書

第一次印刷發行
©Lui Hok Cheung

2023年1月
翻印必究

ISBN:978-988-76231-7-5
港幣定價 HK$60
台幣定價 NT$300

發現本書缺頁或破損，
請致電25158787與本社聯絡。

網上選購方便快捷　購滿$100郵費全免
詳情請登網址 www.rightman.net